30 Mars 1903

VENTE

DES

Lundi 30, Mardi 31 Mars et Mercredi 1er Avril 1903

HOTEL DROUOT, SALLE N° 2

à deux heures

Vente après décès de M. P...

IMPORTANT MOBILIER

ANCIEN ET MODERNE

TABLEAUX ANCIENS ET MODERNES

SIÈGES ANCIENS EN TAPISSERIE

TAPISSERIES

COMMISSAIRE-PRISEUR

Me Lucien VÉRON

7, rue du Quatre-Septembre, 7

EXPERTS

MM. PAULME et B. LASQUIN FILS

10, rue Chauchat. — Rue Laffitte, 12

VENTE APRÈS DÉCÈS DE M. P...

IMPORTANT MOBILIER

ANCIEN & MODERNE

TABLEAUX ANCIENS & MODERNES

PAR OU ATTRIBUÉS A

BERGHEM, BODMER, BONINGTON, CALAME, COURBET, THÉODORE FRÈRE
GREUZE, GUILLAUMET
JULES HEREAU, CHARLES JACQUES, KARL ROBERT
ÉMILE LÉVY
MORIS, PERBOYRE, THÉODORE ROUSSEAU, ROSA VENNEMAN
JOSEPH VERNET, VEYRASSAT
CHARLET, GALIEN-LALOUE, PILS, ALLONGÉ

Œuvre importante de JOSEPH VERNET

PORCELAINES & FAIENCES DIVERSES

BRONZES D'ART & D'AMEUBLEMENT, LUSTRES

BELLE PENDULE LOUIS XV

Important Groupe en bronze ancien

SCULPTURES EN MARBRE

Sièges de Salon Louis XVI recouverts de tapisserie ancienne

MEUBLES DE SALON

TAPISSERIES ANCIENNES

BIJOUX, ARGENTERIE, OBJETS DIVERS, LIVRES

HOTEL DROUOT, SALLE N° 2

Les Lundi 30, Mardi 31 Mars, et Mercredi 1er Avril 1903

à deux heures

COMMISSAIRE-PRISEUR	EXPERTS
Me LUCIEN VÉRON	**MM. PAULME et LASQUIN FILS**
7, rue du Quatre-Septembre	10, rue Chauchat — Téléph. 259-63 / 12, rue Laffitte — Téléph. 317-74

Chez lesquels se distribue le présent Catalogue

EXPOSITION PUBLIQUE

Le Dimanche 29 Mars 1903, Salle n° 2, de 1 h. 1/2 à 5 h. 1/2

CONDITIONS DE LA VENTE

Elle sera faite au comptant.

Les acquéreurs paieront *dix pour cent* en sus des prix d'adjudication.

L'exposition mettant le public à même de se rendre compte de l'état et de la nature des objets, il ne sera admis aucune réclamation une fois l'adjudication prononcée.

Paris. — Imp de l'Art, E. MOREAU et Cie, 41, rue de la Victoire.

DÉSIGNATION

TABLEAUX
ANCIENS ET MODERNES

BERGHEM (D'après)

1 — *Retour du Troupeau.*

Toile. Haut., 60 cent.; larg., 70 cent. environ.

BODMER (Karl)

2 — *Biches sous bois.*

Signé en bas, à gauche.

Toile. Haut., 40 cent.; larg., 26 cent.

BODMER (Karl)

3 — *Compagnie de Faisans dans une forêt.*

Toile. Haut., 62 cent.; larg., 40 cent.

BONINGTON (Attribué à)

4 — *Port de mer et Vieilles Maisons.*

Toile. Haut., 27 cent.; larg., 37 cent.

CALAME

5 — *Bois de hêtres inondé par la Rheuss à Fluelen.*

Toile. Haut., 48 cent.; larg., 42 cent.

(*Vente Calame*, n° 265.)

COURBET (GUSTAVE)

(DEUX PENDANTS)

6 — *Torrent tombant en cascade* et *Rivière coulant dans une gorge.*

Signés.

Toiles. Haut., 52 cent.; larg., 64 cent.

FRÈRE (THÉODORE)

7 — *Algérienne.*

Panneau.

Haut., 21 cent.; larg., 13 cent.

FRÈRE (THÉODORE)

8 — *Intérieur arabe.*

Toile. Haut., 39 cent.; larg., 31 cent.

FRÈRE (Théodore)

(DEUX PENDANTS)

9 — *Étude de figures arabes.*

Panneaux.

Haut., 21 cent.; larg., 12 cent.

FRÈRE (Théodore)

10 — *Petit Port au bord de la mer, animé de figures.*

Panneau.

Haut., 12 cent.; larg., 21 cent.

GREUZE (D'après)

11 — *Jeune Femme tenant dans ses bras un agneau.*

Toile ovale.

Haut., 63 cent.; larg., 52 cent.

GUILLAUMET

12 — *Arabe et son cheval au repos, au pied d'un arbre.*

Toile. Haut., 27 cent.; larg., 38 cent.

(*Vente Guillaumet*, n° 177.)

HÉREAU (Jules)

13 — *Mendiante et Enfant.*

Toile signée.

Haut., 49 cent.; larg., 36 cent.

HEREAU (Jules)

14 — *Chevaux de labour au repos.*

Haut., 13 cent.; larg., 25 cent.

JACQUES (Charles)

15 — *Poulailler.*

Signé en bas, à gauche.

Haut., 16 cent.; larg., 23 cent.

(*Vente de Mme Gabrielle Elluini A...*)

KARL-ROBERT

16 — *Au Bord de l'eau.*

Fusain

ÉCOLE FRANÇAISE (xviiie siècle)

17 — *Le Mangeur d'huitres.*

Toile décorative.

Haut., 90 cent.; larg., 1 m. 25 cent.

ÉCOLE MODERNE

18 — *Paysage.*

Haut., 40 cent.; larg., 31 cent.

ÉCOLE HOLLANDAISE

19 — *Jeune Page s'apprêtant à monter sur un chien.*

ÉCOLE HOLLANDAISE

20 — *Intérieur d'église avec figures.*

Haut., 85 cent.; larg., 70 cent.

LÉVY (Émile)

21 — *Passage du Ruisseau.*

Esquisse.

Toile. Haut., 25 cent.; larg., 13 cent.

22 — *Jeune Italienne.*

Haut., 44 cent.; larg., 37 cent.

23 — *Les Premiers Lilas.*

Signé en bas, à droite.

Toile. Haut., 95 cent.; larg., 72 cent.

MARIS

24 — *Nature morte.*

Panneau de salle à manger.
Toile signée, en bas à gauche, et daté : 1867.

PERBOYRE

25 — *Artilleurs.*

Bois. Haut., 20 cent.; larg., 27 cent.

ROUSSEAU (Théodore)

26 — *Torrent coulant sous un bois.*

Toile signée du monogramme, en bas, à gauche.

Haut., 22 cent.; larg., 30 cent.

VENNEMAN (Rosa)

27 — *Le Retour à la Ferme.*

Haut., 1 m.; larg., 1 m. 35 cent.

VENNEMAN (Rosa)

28 — *Bouvier conduisant ses Vaches au pâturage.*

Haut., 90 cent.; larg., 63 cent.

VERNET (Joseph)

29 — *Vue d'un Port de mer; effet de soleil levant.*

Au premier plan, de nombreux personnages.

Importante œuvre du maître, de sa meilleure qualité, datée : 1754.

Toile. Haut., 72 cent.; larg., 1 m. 67 cent.

VEYRASSAT

30 — *Chevaux à l'abreuvoir dans un paysage.*

Panneau signé en bas, à droite.

Haut., 31 cent.; larg., 41 cent.

AQUARELLES

GOUACHES, DESSINS

CHARLET

31 — *Le Peintre d'Enseignes.*
Aquarelle.

FLANDIN

32 — *Vue de Saint-Marc, à Venise.*
Aquarelle rehaussée de gouache.

GALIEN-LALOUE

33 — *Vue de Paris; effet de neige.*
Gouache.

34 — *Vue de la Place de la Fontaine-Saint-Michel.*
Gouache.

35 — *La Tour Saint-Jacques.*
Gouache.

36 — *L'Arc de Triomphe.*
Gouache.

PILS (J.)

37 — *Batterie d'artillerie en réserve pendant la bataille.*

Aquarelle signée et datée en bas à gauche : 1865.

38 — *Arabes sous bois.*

Aquarelle.

ALLONGÉ

39 — *Forêt de Fontainebleau.*

Fusain.

GRILLET

40 — *Iles sur la Seine, à Épône.*

Fusain.

LELOIR (Maurice)

41 — Deux Dessins, plume et encre de Chine, pour illustrer *Manon Lescaut.*

42 — Un lot de Gravures, Dessins et Photographies.

BIJOUX, ARGENTERIE, PLAQUÉ

43 — Trois boutons de chemise en or, ornés chacun d'une perle fine.

44 — Vingt-cinq kilogrammes d'argenterie de table : couverts, théières, cafetière, crémiers, salières, porte-huiliers, sucrier, etc. (Sera divisé.)

45 — Plateaux, dessous de carafe, couverts, pièces hors d'œuvre, etc. Plaqué et métal argenté. (Sera divisé.)

46 — Couteaux de table et de dessert, à manches d'ivoire et d'ébène.

PORCELAINES ET FAIENCES

47 — Deux corbeilles ajourées en ancienne porcelaine pâte tendre de Chantilly, décorée de bouquets de fleurs.

48 — Paire de grandes potiches en porcelaine du Japon.

49 — Grand plat en porcelaine du Japon.

50 — Grand vase en porcelaine, de forme antique, à décor médaillons, à sujet d'enfants sur fond rouge.

51 — Deux cache-pots en porcelaine.

52 — Vase en porcelaine de Sèvres, décor camaïeu et feuillages dorés sur fond gros bleu.

53 — Deux assiettes en ancienne faïence de Castelli, à décor de ruines et de paysage avec figures.

54 — Deux plats en faïence de Delft et Strasbourg.

55 — Nombreux plats et plaques en faïences de Delft et autres modernes. (Sera divisé.)

BRONZES D'ART ET D'AMEUBLEMENT

PENDULES

56 — Lion dévorant une biche; bronze ancien de Barye, à patine brune.

57 — Deux statuettes en bronze patiné : Enfants. Sur socles en marbre.

58 — Groupe de deux enfants chantant, en bronze patiné.

59 — Deux statuettes en bronze, par Machault. (Font pendants.)

60 — Jeune paysanne, statuette en bronze, par Henri Plé.

Haut., 64 cent.

61 — Sapho, statuette en bronze.

Haut., 55 cent.

62 — Paire de flambeaux Louis XIV en bronze doré.

Haut., 55 cent.

63 — Important groupe ancien en bronze, à patine brune, d'après l'antique : *Laocoon et ses fils*.

Haut., 66 cent.

64 — Grande pendule Louis XV, sur son socle, en écaille, richement ornée de bronzes ciselés et dorés.

Haut., 1 m. 75 cent.

65 — Deux paires de petits flambeaux bas, de style Louis XV, en bronze doré.

66 — Paire de flambeaux, de style Louis XVI, en bronze doré.

67 — Paire de flambeaux Empire en bronze doré.

68 — Paire de flambeaux Louis XIII en bronze doré.

69 — Pendule en bronze doré et marbre blanc, de style Louis XVI.

70 — Garniture de cheminée, de style Louis XVI, composée d'une pendule, deux candélabres à huit lumières et deux flambeaux en bronze ciselé et doré.

71 — Paire de chenets, de style Louis XVI, en bronze ciselé et doré.

72 — Devant de feu, en bronze, de style Louis XVI.

73 — Paire de chenets et pare-étincelles, de style Louis XVI, en bronze patiné et doré.

74 — Quatre appliques, à six lumières, en brônze ciselé et doré.

75 — Grande suspension de salle à manger, à quatre lampes et neuf bougies, en bronze doré.

76 — Garniture de cheminée, composée d'une pendule, deux candélabres, deux chenets et galerie en marbre et bronze.

77 — Garniture de cheminée, composée d'une pendule, deux flambeaux et deux candélabres en marbre blanc et bronze doré.

78 — Pendule en bronze doré.

SIÈGES

ANCIENS ET MODERNES

79 — Quatre chaises portugaises Louis XIII en bois sculpté, garnies de cuir et de gros clous en cuivre.

80 — Un escabeau Louis XIII en bois incrusté d'os.

81 — Deux fauteuils Louis XVI en bois sculpté laqué blanc ; ils sont garnis de tapisserie ancienne représentant des bouquets de pavots dans un vase.

82 — Deux bergères Louis XVI avec leur coussin, elles sont garnies de tapisserie analogue.

83 — Quatre chaises Louis XVI, dossier de forme lyre : elles sont garnies de tapisserie analogue.

84 — Quatre tabourets de pieds, de style Louis XV, en bois doré.

85 — Deux tabourets de forme X.

86 — Deux chaises cannées, de style Louis XVI, en bois doré, dossier modèle à colonnettes.

87 — Quatre chaises légères cannées, de style Louis XVI, en bois doré.

88 — Quatre chaises légères, de style Louis XVI.

89 — Deux tabourets de piano, garnis de tapisserie au point.

90 — Trois chaises cannées en chêne.

91 — Trois chaises légères, trois fauteuils crapauds et trois tabourets de pieds.

92 — Deux fauteuils, trois chaises et un tabouret en acajou, recouverts de tapisserie au point.

93 — Sièges divers capitonnés, chaises longues, fauteuils, etc... etc. (Sera divisé.)

MEUBLES

ANCIENS ET MODERNES

94 — Meuble cabinet, du temps de Louis XIII, en marqueterie de bois d'ébène et d'écaille, orné de bronzes dorés, intérieur à colonnettes et perspective, tiroirs, etc.

95 — Console Louis XV en bois sculpté et doré; dessus de marbre blanc.

96 — Petit bureau à cylindre Louis XVI en marqueterie de bois de couleur à damiers, ayant été orné de bronzes.

97 — Guéridon, du temps de la Restauration, en marqueterie de bois d'érable et palissandre; dessus de marbre blanc mouluré et incrusté de marbres de couleurs.

98 — Bureau plat, de style Régence, en marqueterie de bois, cuivre et écaille, dans le genre de Boulle, orné de bronzes ciselés et dorés.

99 — Meuble d'entre-deux ouvrant à deux portes en marqueterie genre Boulle, dessus de marbre noir.

100 — Petite vitrine, de style Louis XVI, en bois de rose et marqueterie ornée de bronzes.

101 — Bureau plat, de style Louis XV, en bois de violette orné de bronzes dorés.

102 — Bureau ministre, quatre chaises, petit canapé garni de tapisserie au point, console et un cartonnier en bois noir.

103 — Petite table de salon, de style Louis XVI, en bois satiné, à quatre pieds en forme de gaines et entre-jambes; elle est richement ornée de bronzes ciselés et dorés.

104 — Petit chiffonnier, bois de rose et bronze.

105 — Bibliothèque à deux corps et à deux portes vitrées en acajou moucheté.

106 — Table à jeu en acajou moucheté.

107 — Table à jeu en noyer.

108 — Ameublement de salon, de style Louis XVI, en bois sculpté, composé d'un canapé, deux grands fauteuils, deux petits, quatre chaises, quatre tabourets de pieds et d'un pouf recouvert en tapisserie à bouquets de fleurs sur fond blanc.

109 — Meuble de salon, composé d'un canapé, six fauteuils, six chaises et un écran en bois sculpté doré, recouvert en tapisserie au petit point, sujets d'amours enguirlandés de fleurs.

110 — Salle à manger, composée d'une table à rallonges, d'un grand buffet à deux corps, vitré dans sa partie supérieure, une servante et seize chaises en chêne sculpté.

111 — Bonne chambre à coucher, composé d'un lit, d'un chiffonnier, d'une commode toilette, table de nuit en acajou moucheté.

112 — Bonne chambre à coucher, composée d'un lit, d'une table de nuit, d'un chiffonnier et d'une commode toilette en acajou moucheté.

113 — Chambre à coucher, composée d'un lit, d'une table de nuit, d'une armoire à glace et d'une toilette en acajou moucheté.

114 — Bonne chambre à coucher, composée d'un lit, d'une commode formant bureau et armoire, d'une table de nuit et une table toilette en bois d'érable et moulures en palissandre.

115 — Chambre à coucher en palissandre.

116 — Billard en noyer avec ses accessoires, de la maison Poullain.

117 — Piano à queue d'Érard en bois de palissandre incrusté, de filets de cuivre, n° 38,797.

118 — Casier à musique en palissandre.

SCULPTURES

MARBRE ET BOIS, TERRE CUITE

OBJETS DIVERS

119 — Beau buste de nègre drapé, en marbre de couleur, signé Cordier. Piédouche en marbre, fût de colonne en bois noir simulant le marbre, orné de bronzes dorés.

120 — Jeune femme aux amours, groupe en terre cuite. Signé *A. Carrier*.

Haut., 65 cent.

121 — Statuette en marbre blanc, allégorie de l'hiver.

Haut., 85 cent.

122 — Statuette d'enfant assis sur un tabouret, en marbre blanc.

Haut., 90 cent.

123 — Statuette de jeune femme avec un chien, en marbre blanc. Signée *A. Pranzoni*, 1864.

Haut., 1 m. 10 cent.

124 — Gaine en marbre veiné et marbre de couleur.

125 — Deux colonnes supports en marbre de couleur.

126 — Deux colonnettes supports en marbre rouge orné de bronzes.

127 — Gaine en stuc, bustes en plâtre, appliques en bois sculpté, etc.

128 — Deux lampes à l'huile en bronze patiné.

129 — Paire de flambeaux en porcelaine genre Sèvres et bronze doré.

130 — Deux lampes à pétrole avec pieds en bois et bronze.

131 — Suspension de billard en cuivre, disposée pour le gaz.

132 — Coupe à deux anses en verre émaillé.

133 — Vasque en grès décoré de fleurs en relief et d'ornements gravés.

134 — Paire de lampes, forme antique, en bronze ciselé et doré.

135 — Miroir de style Louis XVI.

136 — Miroir en verre et mosaïque de Venise.

137 — Paire de lampes en bronze d'après Clodion.

138 — Une lampe formée d'une potiche en porcelaine du Japon.

139 — Coupe en cristal, monture en bronze ciselé et doré, portant douze lumières.

140 — Grand lustre à quarante-deux lumières, en bronze doré, et cristaux.

141 — Lustre à vingt-quatre lumières et quatre appliques à six lumières en bronze doré et cristaux.

142 — Lustre, à huit lumières, en verre de Venise.

143 — Carabine et fusils de chasse.

TAPISSERIES

RIDEAUX, ÉTOFFES, TENTURES, ETC.

144 — Tapisserie d'Aubusson : verdure avec oiseaux au premier plan, rivière et pont dans le lointain ; encadrée de bordures avec fleurs, couronnes et ornements divers.

Haut., 3 mètres ; larg., 1 m. 95 cent. environ.

145 — Tapisserie des Flandres : Départ pour la chasse ; bordures à fleurs.

Haut., 2 m. 80 cent.; larg., 3 m. 70 cent. environ.

146 — Tapisserie-verdure et oiseaux, encadrée de feuillages et ornements divers.

Haut., 2 m. 50 cent.; larg., 2 m. 25 cent. environ.

147 — Tapisserie des Flandres. Composition de plusieurs personnages ; bordures à fleurs.

Haut., 2 m. 80 cent.; larg., 3 mètres environ.

148 — Deux tapisseries des Flandres, de l'Époque Louis XIV, formant portières, de figures et cavaliers dans des paysages. Bordures à fleurs.

Haut., 2 m. 80 cent.; larg., 2 m. 50 cent. environ.

149 — Portière en tapisserie, à sujet de personnages et animaux dans un paysage.

150 — Paire de rideaux de salle à manger et tapis de table. Imitation de tapisserie.

151 — Deux paires de rideaux de fenêtres en reps vert et bordures de fleurs.

152 — Grand tapis de Smyrne, décor vert sur fond rouge.

Larg., 4 m. 50 cent.; long., 7 mètres.

153 — Carpette en moquette.

Larg., 2 m. 75 cent.; long., 3 m. 80 cent.

154 — Grande carpette de salon.

155 — Plusieurs tapis, moquette, rideaux, tentures, étoffes, etc.

156 — Meuble de salon en acajou, meubles divers, tables à ouvrage et autres, vitrine, etc.; chambres de domestique, meubles courants. Nombreuse batterie de cuisine en cuivre. Objets divers non catalogués,

LIVRES

157 — Ouvrages divers sur la littérature. Grand dictionnaire de Larousse, collection du Tour du Monde, etc.

www.ingramcontent.com/pod-product-compliance
Ingram Content Group UK Ltd.
Pitfield, Milton Keynes, MK11 3LW, UK
UKHW020534180726
13839UKWH00006B/2504

9 782329 350967